A. RONDEL

LES
SABOTS DE NOËL

Comédie en deux actes, avec couplets.

PAR

L. LEMERCIER DE NEUVILLE

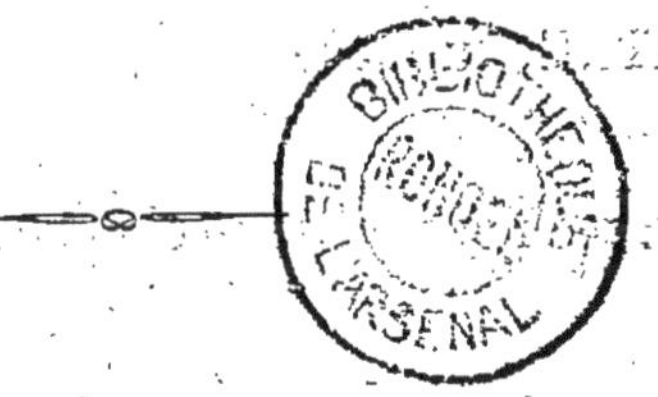

PARIS

LAROUSSE ET BOYER, LIBRAIRES-ÉDITEURS
Rue Saint-André-des-Arts, 49.

PERSONNAGES.

—

Madame DE MÉRAL.

ROSA, sa fille.

JEANNETTE, domestique de Madame de Méral.

LA MÈRE BRIGITTE.

AGATHE
MARIE } ses filles.

REINE, jalouse.

CLARISSE, gourmande.
AMÉLIE, coquette. } amies de Rosa.
BERTHE, curieuse.

La scène se passe au château de Madame de Méral.

Paris. — Typographie et Lithographie LACOUR, rue Soufflot, 18.

LES SABOTS DE NOËL

ACTE PREMIER.

Le théâtre représente la pauvre chaumière de la mère Brigitte. — A droite, grande cheminée à manteau. — A gauche, devant le théâtre, table grossière. — Portes à droite et à gauche — Porte d'entrée au fond; des deux côtés de cette porte, fenêtres. — Ameublement rustique. — Il est neuf heures du soir.

SCÈNE PREMIÈRE.

Madame DE MÉRAL, ROSA, entrant par le fond, un panier à la main.

ROSA.

C'est ici, bonne mère !

MADAME DE MÉRAL.

Que cette chaumière est pauvre ! mais, dis-moi, Rosa, comment as-tu su leur misère ?

ROSA.

Te souviens-tu de l'hiver passé ? Tu me laissais quelquefois aller avec mes bonnes amies dans le village, et notre plus grand plaisir était de découvrir quelque misère inconnue et de la soulager avec nos petites économies. Vraiment on n'a pas de mérite à faire le bien, c'est si agréable !

MADAME DE MÉRAL.

Chère fille !

ROSA.

D'habitude, nous divisions nos forces et allions chacune de notre côté. Ah ! que nous étions heureuses, lorsque nous avions trouvé quelque infortune bien cachée, surtout si nous pouvions la soulager à son insu !

MADAME DE MÉRAL.

Mais, la mère Brigitte, chez qui nous sommes .... Tu ne me dis pas....

ROSA.

J'arrive au fait; mais auparavant, dis-moi, maman, pourquoi le bien est-il comme le mal ?...

MADAME DE MÉRAL.

Je ne te comprends pas.

ROSA.

Oui! on se cache pour le faire. Figure-toi qu'il est arrivé un moment où nous nous sommes caché mutuellement nos bonnes œuvres, et cela non point par jalousie....

MADAME DE MÉRAL.

Mais par égoïsme! Ce n'est pas bien, ma fille.

ROSA.

Oh! je suis sûre, maman, que mes amies ont aussi des protégées, et comme elles me l'ont caché, je pouvais bien leur cacher les miennes.

MADAME DE MÉRAL.

Et depuis quand connais-tu la mère Brigitte ?

ROSA.

Depuis un an, à peu près; je t'ai dit qu'elle avait deux filles, Agathe et Marie, deux petits anges à qui j'ai appris à dire mes prières, mais qui m'ont appris les leurs.

MADAME DE MÉRAL.

Ah! et ces prières ?

ROSA.

Étaient pour leur mère! Ça m'a fait les aimer tout de suite. Quand on aime sa mère, on ne peut pas être méchante.

AIR : *De mademoiselle Garcin.*
(Voir la musique de la pièce, n° 1.)

ROSA.

En les voyant passer dans le village,
Mon cœur ému plaignait leur pauvreté;
Car il est dur de souffrir à leur âge
Et de devoir tout à la charité.
Mais, quand j'ai su qu'elles aimaient leur mère
Et se privaient de leur pauvre repas,
Vite, je vins soulager leur misère...
Dieu, vois-tu bien, avait guidé mes pas (*bis.*)

MADAME DE MÉRAL.

Comme ces pauvres enfants doivent souffrir dans cette chaumière abandonnée!

ROSA, qui a entr'ouvert la porte de droite.

Vois donc, maman, elles couchent dans cette chambre où il n'y a pas de cheminée.

MADAME DE MÉRAL.

Et ici, pas un fagot dans le foyer.

ROSA, ouvrant une armoire.

Elles n'ont plus de pain !...

MADAME DE MÉRAL.

Affreuse position ! Et comment se fait-il qu'elles ne soient pas rentrées ; il est si tard ?

ROSA.

Elles sont à la veillée, chez des voisines ; cela leur économise du feu et de la lumière.

MADAME DE MÉRAL.

Tu as bien fait de me prévenir, ma fille ; tu ne pourrais soulager toute seule un si grand dénûment. Mais elles ne vont pas tarder à rentrer ; déposons nos provisions et retournons au château.

ROSA.

Jeannette nous préviendra de leur arrivée, elle est dans notre confidence. Mettons vite la table. Comme elles seront surprises en rentrant ! (Elles apprêtent la table et sortent du panier des choses qu'elles désignent.)

MADAME DE MÉRAL.

Voici la nappe !

ROSA.

Et ce gâteau que j'ai fait !... Oh ! je voudrais bien savoir si elles le trouveront bon !

MADAME DE MÉRAL.

Ce bon vin de Bordeaux leur donnera des forces.

ROSA.

Et ce pâté... et ce jambon !... Pauvres femmes, jamais elles n'auront si bien mangé! Elles se souviendront de Noël !

SCÈNE II.

LES MÊMES, JEANNETTE.

JEANNETTE, accourant.

Madame! mademoiselle! voici la mère Brigitte et ses deux filles qui rentrent. J'ai vu des ombres se diriger de ce côté, ce sont elles!

MADAME DE MÉRAL.

Vite! Rosa! partons! il ne faut pas qu'elles nous voient.

JEANNETTE.

Vous n'avez que le temps de sortir sans être vues; dans une minute elles seront à leur porte.

ROSA.

Pourtant, maman, j'aurais bien voulu voir leur surprise en apercevant tout cela!

JEANNETTE.

Dépêchez-vous! Ah! il est trop tard, les voici! Tenez, par la porte qui donne sur le jardin.

ROSA.

Nous reviendrons tout à l'heure, et nous les verrons par leur fenêtre, qui n'a pas de rideaux.

MADAME DE MÉRAL.

Mais tu auras froid, Rosa!

ROSA, s'élançant par la porte à gauche.

J'y songe bien, vraiment! Vite, vite, partons!

MADAME DE MÉRAL, suivant sa fille.

Puisque tu le veux!

JEANNETTE.

Et moi, je souffle la chandelle. (Elle souffle la chandelle et les suit.)

(Le théâtre est dans l'obscurité.)

SCÈNE III.

REINE, CLARISSE, AMÉLIE, BERTHE, tenant une lanterne allumée.

REINE.

Elles ne sont pas encore rentrées.

CLARISSE.

Déposons nos petits cadeaux!

AMÉLIE.

Voici une pelisse pour la mère Brigitte.

BERTHE.

Une paire de sabots pour chacune de ses deux filles.

REINE.

Un bon pain blanc, dont elles mangent si peu.

CLARISSE

De la belle toile pour leur faire des chemises et des draps.

BERTHE.

Comme elles seront heureuses !

AMÉLIE.

Elles prieront Dieu ce soir de bien bon cœur !

REINE.

La bonne trouvaille que nous avons faite-là ! Si Rosa avait découvert nos protégées, elle en serait jalouse !

CLARISSE.

Ce n'est pas bien, Reine, de penser cela !

BERTHE.

En tout cas, ce serait une noble jalousie : être jalouse du bien que font les autres, c'est indiquer qu'on voudrait l'avoir fait.

AMÉLIE.

D'ailleurs, depuis quelque temps, ne vous êtes-vous pas aperçues de ses courses mystérieuses ? Elle a sans doute des pauvres comme nous !

REINE.

Il ne faut pas nous laisser surprendre, partons !

BERTHE, promenant sa lanterne sur la table.

O ciel ! qu'est-ce que je vois-là ? cette table servie ! Nous ne sommes pas chez la mère Brigitte.

AMÉLIE.

Mais c'est bien là la chambre où nous sommes venues.

CLARISSE.

Je reconnais parfaitement tous ces pauvres meubles.

AMÉLIE.

Et cette cheminée sans feu !

REINE, à part, à Amélie.

C'est un tour de Clarisse ! elle aura voulu être la

première à les secourir. Je vois cela tout de suite
au choix du cadeau : Des pâtés et du jambon ! il n'y
a qu'une gourmande pour avoir de ces idées-là !

CLARISSE, à part à Berthe.

Je suis sûre que c'est Reine qui nous a devancées !
Elle est si jalouse qu'elle n'aura pas pu résister à
se montrer plus généreuse que nous!

AMÉLIE, à part, à Clarisse.

Berthe est si envieuse qu'elle sera venue tantôt et
avant nous ici, et aura voulu nous surprendre.

BERTHE, à part, à Reine.

J'ai dans l'idée que c'est Amélie. Elle est si coquette qu'elle aura voulu des admirateurs de sa
nouvelle robe, et elle aura pris ce prétexte pour
venir chercher ici des compliments!

CLARISSE.

Mais cela ne nous empêche pas de laisser nos cadeaux ici.

REINE.

Non vraiment !

AMÉLIE.

D'autant plus que je suis certaine que la mère
Brigitte a grand besoin de ma pelisse, et que de tout
ce que nous avons apporté, c'est ce qui lui fera le
plus de plaisir!

BERTHE.

Du tout! ce sont mes sabots !

REINE.

Et mon pain blanc, dont vous ne parlez pas!

CLARISSE.

Elles aiment encore mieux la toile que je leur
apporte!

REINE.

Au surplus, rien ne nous empêche de le savoir.

TOUTES.

Comment cela !

REINE, montrant la porte de droite.

En nous cachant dans cette chambre... nous en-
tendrons tout !

CLARISSE.

Oh! la bonne idée!

AMÉLIE.

Nous jouirons de leur surprise sans être vues.
C'est charmant!

REINE, qui a été entr'ouvrir la porte du fond.

Vite! cachons-nous! (Elles entrent dans la chambre
de droite.)

SCÈNE IV.

La mère BRIGITTE, AGATHE, MARIE.

LA MÈRE BRIGITTE, déposant un fagot.

Vous le voyez, mes enfants, la Providence ne nous
abandonne pas! C'est pour soulager les pauvres
que Dieu a fait les riches.

AGATHE.

Je vais faire un peu de feu!

MARIE, allumant une chandelle à sa lanterne, apercevant
la table mise.

O mon Dieu!

BRIGITTE.

Qu'y a-t-il, mon enfant?

MARIE.

Ce bon repas!

AGATHE.

Et ces sabots! et cette belle toile!

MARIE.

Qui nous a donné cela?

BRIGITTE.

C'est le bon Dieu, mes enfants, il faut le remercier.

MARIE.

Oui, remercions le bon Dieu! après quoi nous
examinerons ce qu'il nous envoie. (Elles s'agenouil-
lent.)

BRIGITTE.

AIR : *Faut l'oublier.*

(Voir la musique, n° 2.)

Merci, mon Dieu! Dans la chaumière,
Vous voulez qu'on fête Noël,
Et jetez sur notre misère
Un joyeux rayon de soleil.

AGATHE ET MARIE.

Notre mère, dans sa souffrance,
Sera donc soulagée un peu !   (bis.)
Vous, qui nous rendez l'espérance,
Merci, mon Dieu ! merci, mon Dieu ! }bis.

(Elles se relèvent.)

AGATHE.

Oh ! comme tout cela est beau ! Mais dis-moi,
maman, comment le bon Dieu nous a-t-il envoyé cela ?

BRIGITTE.

Sans doute par l'intermédiaire de ses anges !

MARIE.

De ses anges ! je n'en ai jamais vu, moi !

SCÈNE V.

**LES MÊMES. (REINE, CLARISSE, AMÉLIE et BER-
THE, apparaissent à la porte de droite et se dirigent
vers le fond.)**

BRIGITTE.

Les anges que Dieu nous envoie sont tantôt de
bons enfants comme vous ; tantôt ils prennent la
soutane du prêtre ; tantôt ce sont de nobles dames
qui passent leur vie à faire le bien.

AGATHE.

Ah ! alors, j'en connais, moi, des anges !

MARIE.

Et moi aussi ! (Se détournant.) Ah !

AGATHE, se détournant aussi.

Nos protectrices ici !

BRIGITTE.

C'est vous, mes bonnes demoiselles ! oh ! que le
ciel vous récompense !

REINE.

Mais ce n'est pas nous !

MARIE,

Si ! si ! mon cœur me le dit.

AGATHE.

Que vous êtes bonnes !

AMÉLIE.

Allons ! allons ! fêtons bien vite Noël !

BERTHE.

Et mettez-vous à table, c'est nous qui vous servirons.

BRIGITTE.

Quoi... vous voudriez ?

CLARISSE, naïvement.

Le bon Dieu en a fait bien d'autres ! Et puisque vous disiez tout à l'heure que nous étions envoyées par lui, il faut que vous nous obéissiez.

AMÉLIE.

Moi, d'abord, j'allume le feu !

BRIGITTE.

Allons, mes enfants, n'ôtons pas à ces bonnes demoiselles le plaisir qu'elles ont de nous faire du bien ; mettons-nous à table.

(Brigitte, Marie et Agathe se mettent à table.)

CLARISSE.

C'est moi qui servirai Marie.

REINE.

Du tout, c'est moi !

CLARISSE.

Comme tu es contrariante !

REINE.

Tu veux toujours qu'on t'obéisse !

BERTHE.

Allons ! pour vous mettre d'accord, ce sera moi.

REINE.

Eh bien, je servirai Agathe.

CLARISSE.

Et moi la mère Brigitte. (Elles servent la mère Brigitte et ses deux filles.)

AMÉLIE.

Là ! voilà le feu allumé.

MARIE.

Comme tout cela est bon, maman ! et qu'on doit être heureuse d'être riche pour pouvoir faire ainsi la charité !

AGATHE.

Je n'ai jamais si bien mangé de ma vie.

CLARISSE.

Encore un peu de pâté, mère Brigitte !

BERTHE.

Tenez, Marie, voici du gâteau.

REINE.

Buvez un peu de ce bon vin, Agathe!

MARIE ET AGATHE.

Oh! les bonnes demoiselles!

AMÉLIE.

Et maintenant que vous avez fini votre repas, il faut chanter un peu.

REINE, BERTHE, CLARISSE.

Oui! oui!

REINE.

Il n'y a pas de fête sans chanson!

CLARISSE.

Et le petit Jésus ne vient pas au monde si on ne lui chante un Noël.

BRIGITTE.

Allons! mes petites filles, il faut obéir à ces bonnes demoiselles.

MARIE.

Oui, bonne mère, avec plaisir. (Marie chante un Noël qui est repris en chœur par tout le monde.)

NOEL.

(Voir la musique, n° 3.)

I

Voici donc la nuit mémorable
Où naquit le petit Jésus...
Et tous les mages sont venus
L'adorer dans sa pauvre étable.

CHŒUR.

En ce jour solennel
Répétons en chœur : Noël! Noël!

II

Quand il arriva sur la terre,
Il y vint pauvre et presque nu,
Et, comme nous, il a connu
Le froid la faim et la misère.

CHŒUR.

En ce jour solennel, etc.

III

Il a supporté la souffrance
Et l'injure, sans murmurer :
C'était afin de nous montrer
Son courage et sa patience.

CHŒUR.

En ce jour solennel, etc.

IV

Imitons donc sa patience,
Tâchons d'acquérir ses vertus :
Plus on ressemble au doux Jésus,
Moins sur terre on a de souffrance !

CHŒUR.

En ce jour solennel, etc.

REINE.

Nous allons vous laisser, maintenant.

CLARISSE.

Faites de bons rêves, et ne nous oubliez pas dans vos prières.

BERTHE.

Adieu, Marie, aimez-nous bien !

AMÉLIE.

Adieu, Agathe.

REINE.

Bonsoir, mère Brigitte ! au revoir !

BRIGITTE.

Bonsoir, mesdemoiselles, bonsoir ! que Dieu vous récompense ! (Les jeunes filles sortent.)

SCÈNE VI.

La mère BRIGITTE, MARIE, AGATHE.

MARIE.

Comme elles sont bonnes, ces demoiselles ! quel plaisir elles trouvent à nous obliger ! Oh ! c'est en effet bien agréable ! On se sent aimée de tout le monde, on éprouve un bien-être intérieur plein de charmes et qui est délicieux !

BRIGITTE.

Comment sais-tu cela, ma pauvre fille ? Ne

sommes si pauvres que tu n'as dû jamais avoir l'occasion de faire du bien.

MARIE.

Voilà ce qui te trompe.

BRIGITTE.

Comment cela?

MARIE.

Tu connais le pauvre aveugle du village? eh bien, c'est mon pensionnaire ; tous les jours je lui donne un morceau de pain, c'est sa rente. Et, vois-tu, après mon offrande, je suis si contente, si joyeuse, cela me donne tant de courage à travailler, que je ne regrette qu'une chose, c'est de n'être pas plus riche pour lui donner davantage. Il me semble que mon plaisir serait plus grand.

BRIGITTE.

Bonne fille !

MARIE.

Mais, Agathe est comme moi, et c'est la mère Nicole, qui est paralytique, à qui elle porte de petites économies.

BRIGITTE.

Bons enfants ! le bon Dieu vous récompensera. Mais il est bien tard, il faut se reposer.

AGATHE.

Oui, mère, allez dormir, nous allons ranger tout cela.

MARIE.

Car tu n'es plus jeune, maman, et tu ne peux pas supporter la fatigue. Va, ma sœur et moi, nous allons nous dépêcher de grandir pour pouvoir faire plus de besogne, afin que tu ne travailles plus.

BRIGITTE, embrassant ses deux enfants.

Bonsoir donc, mes enfants, dormez bien, que Dieu veille sur vous!

SCENE VII.

AGATHE et MARIE, rangeant la chambre.

AGATHE.

Vois-tu, ma sœur, nous allons pouvoir enfin, avec te toile, faire de bonnes chemises à notre mère.

MARIE.

Comme ce bon dîner lui a fait du bien ! Elle est vieille ; il lui en faudrait un semblable tous les jours.

AGATHE.

Quand donc pourrons-nous le lui donner ?

MARIE.

Ayons confiance en Dieu !

AGATHE.

Oui, il ne nous a pas encore abandonnées, et nous l'aimons trop pour qu'il nous oublie.

MARIE.

Tu as raison. Mais j'y pense, c'est aujourd'hui Noël !

AGATHE.

Je le sais bien.

MARIE.

Tu sais aussi la coutume ? Ces bonnes demoiselles nous ont apporté des sabots ; c'est sans doute afin que nous les mettions dans la cheminée pour que le petit Jésus, pendant notre sommeil, y vienne déposer des cadeaux.

AGATHE.

Oui ! plaçons nos sabots devant le foyer.

MARIE.

C'est cela ! Mais il me vient une autre idée.

AGATHE.

Laquelle ?

MARIE.

As-tu quelquefois vu le petit Jésus ?

AGATHE.

Oui, à l'église, dans les bras de la sainte Vierge.

MARIE.

Moi aussi. Mais le jour de Noël, quand il vient dans les maisons apporter des offrandes aux petits enfants ?

AGATHE.

On dit qu'il ne vient que lorsqu'ils sont endormis.

MARIE.

Eh bien, nous nous placerons à côté du feu, l'une à droite et l'autre à gauche, et nous ferons semblant de dormir. Alors, quand il viendra, nous le verrons !

AGATHE.

Oh! la bonne idée!

MARIE.

Là, maintenant que tout est rangé, mettons-nous au coin du feu et tâchons de ne pas nous endormir!

AGATHE.

Oh! moi, d'abord, je n'ai pas sommeil.

MARIE.

Ni moi non plus.

AGATHE.

C'est bien bon, le feu.

MARIE.

Oui, ça réchauffe! mais ça fatigue les yeux; je vais les fermer à moitié.

AGATHE, s'endormant peu à peu.

Et moi aussi... si tu le vois la première, tu m'avertiras.

MARIE, s'endormant peu à peu.

C'est comme toi... n'est-ce pas?... Oh! viens vite petit Jésus! (Elle s'endort.)

AGATHE.

Viens!... viens! petit Jésus. (Elle s'endort. Musique mystérieuse à l'orchestre, et qui forme la ritournelle de l'air sur lequel entrent madame de Méral et sa fille.)

SCÈNE VIII.

MARIE et AGATHE endormies, Madame de **MÉRAL et ROSA.**

AIR : *du Fil de la Vierge.*
(Voir la musique, n° 4.)

MADAME DE MÉRAL ET ROSA.

Ne faisons pas de bruit, et mettons nos hommages
dans leurs sabots.

ROSA.

Elles dorment, maman, d'un sommeil sans nuages,
Leurs yeux sont clos!
Un rêve les endort de son cruel mensonge...

MADAME DE MÉRAL.
Ne parle plus!
Vois, leur lèvre sourit, elles font un beau songe.
AGATHE ET MARIE, rêvant.
Viens, doux Jésus!

ROSA.
Elles dorment!
MADAME DE MÉRAL.
Ne faisons pas de bruit de peur de les réveiller, et place vite tes cadeaux dans leurs sabots.
ROSA.
Mais, je vais les réveiller, elles sont si près du feu!
MADAME DE MÉRAL.
Prends bien garde!
ROSA.
Comme elles seront étonnées!
MADAME DE MÉRAL.
Nous verrons si elles ont toutes les vertus que tu leur donnes. N'oublie pas de mettre la lettre.
ROSA, plaçant les coffrets et la lettre dans les sabots.
Non, la voici!... Ah! j'ai cru que Marie s'éveillait.
MADAME DE MÉRAL.
Et maintenant, rentrons au château, où tes amies doivent être déjà rendues.
ROSA.
Vois donc comme elles dorment bien, mère; on dirait des petits anges. Elles sourient! elles font sans doute un bon rêve.
MADAME DE MÉRAL.
Nous ferons en sorte qu'il devienne une réalité; viens, ma fille.
ROSA.
Oui, maman. Dormez, dormez, petits enfants! (Reprise de l'air de l'entrée. Madame de Méral et sa fille sortent. La porte fait du bruit en se refermant.)

SCÈNE IX.
AGATHE, MARIE.
MARIE, s'éveillant.
Ah! j'ai cru... Il m'a semblé voir...

AGATHE, s'éveillant.

Je croyais... Tu ne m'as pas avertie, Marie?

MARIE.

Ni toi non plus. Tu dormais donc?

AGATHE.

Dame ! je comptais sur toi, et je m'étais assoupie.

MARIE.

C'est comme moi, et j'ai rêvé...

AGATHE.

Moi aussi. J'ai fait un rêve magnifique !

AIR : *Le joli rêve.*
(Voir la musique , n⁰ 5.)

Le joli rêve que j'ai fait !
Je voyais une belle dame
Qui dans ses yeux montrait son âme
Et qui doucement s'avançait,
Une belle enfant la suivait.   (*bis.*)
Sa voix, comme un divin dictame,
M'allait au cœur, me ravissait,
   Me charmait,
   Me réjouissait.
Puis toutes deux, près de la flamme,
Elles ont rempli nos sabots
Et de bonbons et de gâteaux
Accompagnés de beaux cadeaux.....
... Si c'était vrai, qu'ils seraient beaux !

MARIE.

Juste ! le rêve que j'ai fait !

AGATHE.

Tiens ! regarde ces coffrets, cette lettre dans nos sabots ! Nous n'avons donc pas rêvé?

MARIE.

Oh ! mon Dieu ! est-il possible ! (Elles prennent les boîtes et la lettre.)

AGATHE.

Comme ce coffret est joli ! Il y a écrit dessus : « Bonbons. » (Sautant de joie.) Ce sont des bonbons !

MARIE.

Et sur le mien : « Surprise ! » Qu'est-ce que cela pourrait bien être ?

AGATHE.

La lettre le dit peut-être. Lisons-la.

MARIE.

C'est cela! — Ah! si nous ne nous étions pas endormies, nous aurions peut-être vu qui nous a apporté cela.

AGATHE, lisant.

« Le petit Noël vous envoie ses dons, et comme il
« veut savoir si vous les méritez, il met pour con-
« dition expresse à leur possession que vous ne
« chercherez pas à les connaître avant Noël pro-
« chain, quand il viendra vous en apporter d'autres. »

MARIE, tristement.

Ainsi, je ne pourrai pas ouvrir ma boîte pour savoir ce qu'il y a dedans?

AGATHE, tristement.

Ni moi goûter à mes bonbons!

MARIE.

C'est pour nous punir d'avoir été curieuses.

AGATHE

Oui, le petit Jésus nous punit.

MARIE.

Nous aurions mieux fait d'aller nous coucher. Il serait venu tout de même, et au moins nous aurions pu savoir ce qu'il nous apportait.

AGATHE

Mais si nous les ouvrions, nos boîtes, personne ne nous verrait.

MARIE.

Et le bon Dieu! est-ce qu'il ne voit pas tout, lui?

AGATHE.

Tu as raison! remettons-les à notre mère.

MARIE.

Et Noël prochain...

AGATHE.

Oh! Noël prochain, nous ne chercherons pas à surprendre les secrets du bon Dieu.

(La toile tombe.)

FIN DU PREMIER ACTE.

ACTE DEUXIÈME

Un an après. — Soirée de Noël dans le salon de madame
de Méral. — Meubles riches. — Au milieu du salon se
trouve un grand sapin vert chargé de bonbons et de jouets.
Il est placé sur une table abondamment servie. — Fenêtres avec longs rideaux.

SCENE PREMIÈRE.

JEANNETTE, achevant de disposer le salon.

Là, v'là qu'est fait! C'est pas tout de même une
petite besogne que de tout disposer pour la fête de
Noël, chez madame de Méral. Il y a le dîner pour une
dizaine de personnes, puis le petit bal, puis le souper, puis les bonbons à acheter, les gâteaux à faire
faire, etc., etc. Ça me rappelle que l'an dernier, chez
la mère Brigitte, c'était bien plus vite prêt, et ses
petites filles n'en ont pas moins été heureuses! Mais
il ne faut pas se plaindre, c'est une bonne maison:
mademoiselle Rosa est si gentille! c'est pas comme
ses amies, par exemple, elles trouvent toujours moyen
de mettre tout sens dessus dessous.

AIR : *Des 20 sous de Périnette.*
(Voir la musique, n° 6.)

Toujours sens dessus dessous
Elles mettent le ménage,
Cela m'agace et j'enrage,
Je leur donnerais des coups!
Oui vraiment, ces jeunes filles
Sont des lutins, sur ma foi,
Et je les mettrais sous grilles,
Si leur mère, c'était moi!
Ah! ah! ah! pauvre Jeannette!
Vite, apprête
Le repas!
Ce soir, tout le monde est en fête,
Et toi seule, ici, n'en est pas!

SCÈNE II.

JEANNETTE, ROSA.

ROSA.

Ah! te voilà, Jeannette, je te cherchais.

JEANNETTE.

Que voulez-vous de moi, mademoiselle?

ROSA.

Dis-moi, tu te souviens de Noël dernier et de notre visite mystérieuse chez la mère Brigitte?

JEANNETTE.

Si je m'en souviens! même que depuis ce temps-là vous avez quasiment adopté la petite Marie et sa sœur Agathe, et que vous leur donnez des leçons de grammaire, de calcul et d'histoire, qu'un professeur ne ferait pas mieux. Et malgré tout, ni elles ni vos amies ne se doutent que c'est vous qui leur avez fait la surprise des petits coffrets... Qu'est-ce qu'il y avait donc dedans, mademoiselle?

ROSA.

Il ne s'agit pas de cela. Il va falloir te rendre immédiatement chez la mère Brigitte et la prier de venir de suite au château avec Agathe et Marie.

JEANNETTE.

Bien, mademoiselle!

ROSA.

Surtout, que personne ne se doute de rien. Tu les introduiras dans ma chambre par le petit escalier. Allons, va!

JEANNETTE.

Oui, mademoiselle. Faudra-t-il leur dire d'apporter leurs coffrets de Noël dernier?

ROSA.

Ah! je l'oubliais. Oui, allons, dépêche-toi.

JEANNETTE, sortant.

J'y cours, mademoiselle.

SCÈNE III.

ROSA, seule.

Comme cela, je pourrai exécuter mon projet. Ah! mes bonnes amies, vous vous unissez pour me voler mes petits pauvres. C'est bien ! Nous verrons qui l'emportera de vous ou de moi ! (Allant à une armoire où il y a autant de sabots qu'il y a de jeunes filles.) Plaçons ces paires de sabots sur leur assiette... Voyons, ne nous trompons pas ; le nom de chacune d'elles est écrit sur la bride. (Plaçant les sabots aux places qu'elles désigne) : Reine... une petite jalouse qu'il faut corriger ; Clarisse... une gourmande ! j'avais envie de lui mettre des sabots en sucre pour lui faire honte ! Amélie, la coquette, ce qui est très vilain, dit maman, quoique cependant, quand on est gentille, il n'est pas défendu de se regarder dans la glace ; et enfin Berthe... qui est si curieuse ! Bien ! maintenant une paire de sabots pour moi. Là, tout est complet, elles peuvent venir... Voici maman !

SCÈNE IV.

ROSA, Madame DE MÉRAL.

MADAME DE MÉRAL.

Eh bien, ma chère Rosa, as-tu fini tes petits préparatifs ? car, cette année, tu ne m'as pas mise dans ta confidence et je t'ai laissée faire à ta guise.

ROSA.

Oui, bonne mère, tout est prêt, et mes amies peuvent arriver quand elles voudront.

MADAME DE MÉRAL.

Tu as donc résolu de célébrer Noël au château, cette année ? Et tes protégées seront-elles de la fête ?

ROSA.

Sans doute ! sans elles la fête ne serait pas complète ! Et puis, maintenant, elles font pour ainsi dire partie de la famille : ce sont mes écolières.

MADAME DE MÉRAL.

Écolières qui font honneur au professeur !

ROSA.

Mais certainement !... Ah ! j'entends mes amies.

MADAME DE MÉRAL.

Allons les recevoir ! (Elles remontent la scène.)

SCÈNE V.

ROSA, Madame de MÉRAL, REINE, CLARISSE,
AMÉLIE, BERTHE.

REINE.

Bonsoir, chère Rosa! bonsoir, madame.

TOUTES.

Bonsoir, bonsoir, madame! bonsoir, Rosa! (Elles
l'embrassent.)

CLARISSE.

Oh! la belle table! Et tous ces bonbons! et ces
gâteaux!

BERTHE.

Pourquoi faire tous ces sabots sur nos assiettes?

AMÉLIE.

Ce serait charmant de les porter avec une petite
bouffette de rubans roses sur le dessus!

REINE, à Rosa.

Tout cela est magnifique! Et nous vous remercions, ma bonne Rosa, de votre gracieuse hospitalité.

ROSA.

Mais c'est moi, au contraire, qui vous remercie
d'être venues.

MADAME DE MÉRAL.

Allons! assez de compliments comme cela! et pour
gagner un peu d'appétit, nous allons jouer à de
petits jeux.

ROSA.

Mais nous ne sommes pas au complet, maman!

BERTHE.

Qui donc attendez-vous encore?

AMÉLIE.

Une surprise?

ROSA.

Oui, une surprise qui vous fera plaisir.

MADAME DE MÉRAL.

C'est égal, en attendant, je prends sur moi d'or-
ganiser les jeux.

ROSA.

Alors, je vous demande la permission de m'ab-
senter un moment pour préparer...

REINE, mystérieusement.

La surprise ?

ROSA.

C'est cela ! à tout à l'heure, et amusez-vous bien en m'attendant. (Elle sort.)

SCÈNE VI.

LES MÊMES, moins ROSA.

REINE, bas à Amélie.

Elle fait des cachoteries...

AMÉLIE, idem.

Nous prendrons notre revanche !

MADAME DE MÉRAL.

Eh bien, mesdemoiselles, à quoi voulez-vous jouer ?

BERTHE.

Si nous jouions à la *Toilette à Madame ?*

TOUTES.

Oh ! c'est cela ! c'est cela !

REINE.

Mais nous ne sommes pas assez.

CLARISSE.

Qu'est-ce que cela fait ? madame de Méral jouera avec nous, n'est-ce pas, madame ?

MADAME DE MÉRAL.

Mon Dieu, si cela peut vous faire plaisir, je ne demande pas mieux.

TOUTES.

Ah ! bravo ! bravo ! madame de Méral joue avec nous !

REINE.

Alors, nous sommes cinq. Il faut quatre chaises. (Elle place quatre chaises en cercle sur le devant du théâtre.)

AMÉLIE.

Moi, je suis le chapeau de madame.

BERTHE.

Moi, la robe à volants.

CLARISSE.

Moi, le cachemire.

REINE.

Moi les bottines. Et vous, madame de Méral, qu'est-ce que vous serez ?

MADAME DE MÉRAL.

Moi!... Eh bien, l'éventail.

BERTHE.

Allons! asseyez-vous, je serai le chat pour commencer.

TOUTES.

Bravo! c'est charmant!

BERTHE, debout au milieu d'elles.

Madame demande son chapeau!

AMÉLIE se lève et Berthe se met à sa place.

Madame demande... son cachemire!

CLARISSE se lève et Amélie se met à sa place.

Madame demande ses bottines!

REINE se lève et Clarisse se met à sa place.

Madame demande sa robe à volants!

BERTHE se lève et Reine prend sa place.

Madame demande son éventail!

MADAME DE MÉRAL se lève et Berthe prend sa place.

Eh bien, madame demande toute sa toilette!

(A ce moment toutes les jeunes filles se lèvent précipitamment et cherchent à changer de place. — Celle qui n'a pas pu en trouver une donne un gage, et est le chat. — Ce jeu peut recommencer plusieurs fois à la volonté des acteurs. Lorsque le jeu est terminé, Amélie et Clarisse, qui ont chacune un gage, ont donné leur mouchoir.)

MADAME DE MÉRAL.

Il faut maintenant tirer les gages. C'est moi qui donnerai la pénitence.

REINE.

Heureusement que je n'ai pas de gage!

BERTHE.

Ni moi non plus! C'est Clarisse et Amélie qui ont été victimes.

CLARISSE.

Parce que tu m'a poussée, sans cela, c'eût été toi!

AMÉLIE.

C'est comme moi! si Reine ne m'avait pas retenue.

MADAME DE MÉRAL.

Vous allez vous disputer?

1.

CLARISSE.

Oh! non, madame.

MADAME DE MÉRAL.

A la bonne heure!

SCÈNE VII.

LES MÊMES, ROSA, AGATHE, MARIE et la mère BRIGITTE.

ROSA.

Voilà ma surprise!

REINE, étonnée.

La mère Brigitte!

AMÉLIE, idem.

Agathe et Marie! (Les jeunes filles embrassent Marie et Agathe.)

MADAME DE MÉRAL.

Nous tirerons les gages après le souper.

CLARISSE et AMÉLIE.

Oui! oui!

REINE, à Rosa.

Comment, tu connaissais donc la mère Brigitte?

ROSA.

Tu la connaissais bien, toi!

REINE.

Nous croyions nous être si bien cachées de toi...

ROSA.

Pas assez, à ce qu'il paraît.

AMÉLIE.

Voilà ce qui m'explique la table servie l'année dernière dans la pauvre cabane!

REINE.

Et moi qui accusais Clarisse!

CLARISSE, à Reine.

Moi qui croyais que c'était toi!

AMÉLIE.

J'aurais parié que c'était Berthe.

BERTHE.

Et moi qui t'accusais!

ROSA.

Vous vous trompiez toutes, c'était moi!

AMÉLIE.

Eh bien, tant mieux! Au moins comme cela, nous aurons ce soir le plaisir d'avoir au milieu de nous notre petite famille d'adoption.

MADAME DE MÉRAL.

Allons, mes enfants, à table! Vous, mère Brigitte, placez-vous là, à côté de moi.

ROSA.

Moi, je me mets entre Agathe et Marie.

MADAME DE MÉRAL.

Et vous, mesdemoiselles, vos sabots indiquent vos places.

REINE.

Et pourquoi faire, ces sabots-là?

ROSA.

Demandez à la petite Marie, elle vous le dira.

BERTHE.

Eh bien, Marie, dites-nous l'usage de ces sabots?

MARIE.

Mes bonnes demoiselles, chez les pauvres gens, on a la coutume, le jour de Noël, de mettre ses sabots dans la cheminée, et pendant la nuit, le petit Jésus y vient mettre des présents.

CLARISSE.

Bien vrai! et cela ne manque jamais?

AGATHE.

Jamais, mademoiselle; l'an dernier, il est venu chez nous.

BERTHE.

Alors, mettons aussi nos sabots dans la cheminée.

TOUTES.

C'est cela! c'est cela!

AMÉLIE.

Nous verrons les cadeaux de Noël. (Elles von mettre leurs sabots dans la cheminée.)

MADAME DE MÉRAL.

Allons! mère Brigitte, de l'appétit! Voilà la santé qui est revenue: vous êtes capable de vivre cent ans!

MARIE.

Que Dieu vous entende, madame!

LA MÈRE BRIGITTE.

Grâce à vous, qui depuis une année m'avez secourue et avez pris soin de mes petites filles, vous êtes si bonne!

MADAME DE MÉRAL.

Oh! je ne suis pour rien dans tout cela, et c'est Rosa que vous devez remercier.

ROSA.

Du tout, c'est maman!

MARIE.

Toutes les deux, nous vous remercions!

AMÉLIE.

Eh bien, mère Brigitte, et ma pelisse, vous a-t-elle fait grand bien cet hiver?

LA MÈRE BRIGITTE.

Oh! oui, ma bonne demoiselle!

BERTHE.

Et vous, Marie et Agathe, avez-vous encore mes sabots?

MARIE.

Nous en avons eu grand soin.

AGATHE.

Et nous les avons mis dans notre cheminée avant de venir ici.

REINE.

C'est du pain comme celui-ci que je vous ai apporté l'année dernière.

MARIE.

Il était si bon!

CLARISSE.

Et ma belle toile?

LA MÈRE BRIGITTE.

Ah! mes belles demoiselles, mes enfants m'en ont fait des chemises et des draps.

MADAME DE MÉRAL.

Allons! je suis bien heureuse! et je vois que ces petites luttes de charité ont porté leur fruits.

AIR : *Bois, vallons, de F. Bérat.*

(Voir la musique, n° 7.)

Refrain :

Mes enfants, que je suis ravie
De vos luttes de charité!
J'éprouve une joie infinie
A connaître votre bonté.

J'aime ce bon cœur,
Toujours plein d'ardeur,
Pour soulager le malheur;
Les pauvres honteux
Sont vraiment heureux
De vous avoir auprès d'eux.

Continuez, mes douces filles,
Soyez gentilles
Longtemps ainsi,
Pour ceux qui sont dans la souffrance,
Pour l'indigence,
Merci! merci!
(Reprise du Refrain.)

Avant de terminer la soirée, nous allons tirer les gages, et c'est Marie qui indiquera les pénitences.

MARIE.

Moi, madame! imposer des pénitences à mes bienfaitrices!

MADAME DE MÉRAL.

Elles ne seront pas dures. Voyons, à qui ce mouchoir?

AMÉLIE.

C'est le mien.

MADAME DE MÉRAL.

Eh bien, qu'ordonnez-vous, Marie?

MARIE.

J'ordonne alors que mademoiselle Amélie nous chante un Noël :

AMÉLIE.

Ah! avec plaisir.

MADAME DE MÉRAL.

Et l'autre mouchoir, à qui est-il?

CLARISSE.

A moi, madame.

MADAME DE MÉRAL.

Allons! Marie, que décidez-vous?

MARIE.

Eh bien, pendant que mademoiselle Amélie chantera, mademoiselle Clarisse dansera une ronde avec nous.

ROSA.

Très bien ordonné, ma petite Marie!

MADAME DE MÉRAL.

Allons, mesdemoiselles, il faut s'exécuter.

AMÉLIE et CLARISSE.

Volontiers! (Les jeunes filles se donnent la main et dansent en rond pendant qu'Amélie chante le Noël.)

AMÉLIE.

AIR : *De Diane de Lys.*

(Voir la musique, nᵒ 8.)

I

Dansons, dansons en cadence,
Autour de l'if de Noël,
Car de Jésus la naissance
Rend heureux et terre et ciel!

Parlé : Chantons Noël!

TOUTES.

Chantons Noël!

REFRAIN. (Ensemble en dansant autour de la table.

Dansons, dansons en cadence,
Autour de l'if de Noël.
  Ah! ah! c'est Noël,
Dansons, dansons en cadence,
  Ah! ah! c'est Noël,
Qui réjouit terre et ciel!

II

AMÉLIE.

Fillettes de tous les âges
Vont visiter leurs sabots ;
A celles qui sont bien sages
Noël fait de beaux cadeaux!

Parlé : Chantons Noël, etc.

III

AMÉLIE.

Noël vient dans la chaumière,
Et visite les palais ;
Mais surtout à la misère
Il prodigue ses bienfaits!

Parlé . Chantons Noël, etc.

MADAME DE MÉRAL, à Marie et à Agathe.

Eh bien, mes petites amies, êtes-vous contentes de votre soirée?

MARIE.

Oh! très contentes, madame.

AGATHE.

Et nous vous remercions bien.

LA MÈRE BRIGITTE.

Et nous ne l'oublierons jamais! Allons, mes enfants, rentrons chez nous.

ROSA.

Laissez-moi vous accompagner.

LA MÈRE BRIGITTE.

Bonsoir, mes bonnes demoiselles.

TOUTES.

Bonsoir, mère Brigitte! bonsoir, Marie! bonsoir, Agathe! (Rosa, la mère Brigitte, Marie et Agathe sortent. Jeannette les éclaire.)

SCÈNE VIII.

Madame de MÉRAL, AMÉLIE, BERTHE, CLARISSE, REINE.

BERTHE, à part, allant voir les sabots.

Il n'y a encore rien dans nos sabots!

MADAME DE MÉRAL.

Mesdemoiselles, vos chambres sont prêtes, et il est l'heure de nous retirer.

REINE.

Oui, madame.

MADAME DE MÉRAL.

Allons, bonsoir, mes enfants, dormez bien et faites vos prières.

TOUTES.

Bonsoir, madame, bonsoir! (Elles prennent chacune un flambeau et sortent. Il ne reste plus qu'une bougie sur la table.)

SCÈNE IX.

MADAME DE MÉRAL, seule.

Voici tout le monde couché, allons en faire autant. Mais où donc est Rosa? Toute la soirée elle a pris un air mystérieux qui me ferait croire qu'elle trame encore quelque petit complot. (Appelant.) Jeannette! Jeannette!

SCÈNE X.

Madame de MÉRAL, JEANNETTE.

JEANNETTE, entrant.

Me voici, madame, que désirez-vous?

MADAME DE MÉRAL.

Où est ma fille?

JEANNETTE.

Dans sa chambre, madame.

MADAME DE MÉRAL.

Et ces demoiselles?

JEANNETTE.

Elles sont couchées.

MADAME DE MÉRAL.

Rangez un peu ce salon, ma fille, avant d'aller vous reposer.

JEANNETTE.

Oui, madame.

MADAME DE MÉRAL.

Allons! bonsoir. (Madame de Méral sort.)

JEANNETTE.

Bonsoir, madame! bonne nuit!

SCÈNE XI.

JEANNETTE, seule.

C'est pas malheureux! j'croyais que madame allait rester là longtemps, ce qui aurait dérangé les projets de mademoiselle Rosa; Dieu merci, madame est remontée chez elle, et ces demoiselles doivent dormir maintenant de tout leur cœur. Je les aime mieux quand elles dorment, elles font moins de bruit. Voyons, rangeons vite ce salon; quel désordre! Est-il, Dieu, permis de tout bousculer comme çà? ces jeunes filles ça ne respecte rien! (Elle goûte à un bonbon.) C'est tout de même bien bon ces petites machines-là! ca vient sur des arbres comme çà. (Elle désigne le sapin.) C'est l'arbre à sucre. (Le regardant.) Que je suis bête! c'est un sapin! Voyez pourtant comme on trompe le monde! C'est pas tout, il faut nous dépêcher. (Elle range la table.)

SCENE XII.

JEANNETTE, ROSA.

ROSA.

Il n'y a plus personne?

JEANNETTE.

Non, mademoiselle.

ROSA.

Ta besogne est-elle finie?

JEANNETTE.

Oui, mademoiselle.

ROSA.

Alors, viens avec moi.

JEANNETTE.

Je vous suis! (Elle prend la bougie. Le théâtre est dans l'obscurité.)

SCÈNE XIII.

BERTHE, entrant sur la pointe du pied, par la droite, puis, REINE, CLARISSE et AMÉLIE.

BERTHE.

Elles sont endormies; j'ai pu m'échapper sans qu'elles me voient. Je saurai la première ce que Noël est venu mettre dans nos sabots. (Elle se dirige à tâtons vers la cheminée et touche les sabots.) Il n'y a rien! il est trop tôt encore : cachons-nous derrière ce rideau. (Elle se cache derrière le rideau de droite.)

REINE, entrant de même.

J'ai vu Berthe qui quittait son lit, je suis sûre qu'elle est venue voir ici les cadeaux de Noël; guettons-la, et si je l'aperçois, je lui ferai des reproches sur sa curiosité. Voici un rideau derrière lequel je pourrai la voir sans être vue. (Elle se cache derrière le rideau de gauche.)

CLARISSE et AMÉLIE, entrant de même.

AIR : du Carnaval.

(Voir la musique, n° 9.)

AMÉLIE.

Entrons sans bruit!

CLARISSE.

Il fait bien nuit!

AMÉLIE.

Suis donc mes pas.

CLARISSE.

Je n'y vois pas!

AMÉLIE.

Bien prudemment.

CLARISSE.

Bien doucement.

AMÉLIE.

Glissons-nous là.

CLARISSE.

Ah! m'y voilà!

AMÉLIE.

Suis-moi, Clarisse!

CLARISSE.

On n'y voit goutte.

AMÉLIE.

Donne-moi la main.

CLARISSE.

Tu es sûre qu'elles sont venues de ce côté?

AMÉLIE.

Oui! sans doute pour dépouiller nos sabots.

CLARISSE.

Oh! la vilaine pensée!

AMÉLIE.

C'était pour rire!

CLARISSE.

Après tout, s'il y avait des bonbons, c'est bien possible.

AMÉLIE.

Vois-tu quelque chose?

CLARISSE.

Non!

BERTHE, soulevant son rideau.

Il me semble qu'on a parlé.

REINE, *idem*.

J'ai entendu du bruit!

AMÉLIE.

On a remué.

CLARISSE.

Cachons-nous là. (Elles se cachent derrière le rideau de la fenêtre du fond.)

SCÈNE XIV.

LES MÊMES, cachées; ROSA, AGATHE et MARIE,
entrant.

ROSA.

Allez placer tout cela sans bruit.

MARIE.

Oui, mademoiselle Rosa.

AGATHE.

Ne nous trompons pas de sabots!

ROSA.

Je vais vous les indiquer : voici ceux de Reine et ceux de Clarisse; c'est vous que cela regarde, Marie...

AGATHE.

Ceux-ci sont à Mademoiselle Amélie.

ROSA.

Oui! et ceux-ci à Berthe... Voici les miens... je m'en charge!...

MARIE, bas à Rosa.

Alors, ce n'est pas le petit Jésus qui vient dans la nuit de Noël ?

ROSA.

Non, mon enfant, ce sont des anges comme vous!

REINE, sortant de sa cachette.

Il me semble avoir vu une ombre se glisser du côté de la cheminée.

BERTHE, idem.

Noël doit être venu, maintenant.

AMÉLIE, idem.

A coup sûr, on a parlé! n'est-ce pas, Clarisse ? allons voir!

CLARISSE, idem.

Je te suis, avance!...

SCÈNE XV.

LES MÊMES, Madame de MÉRAL, une bougie à la main ; le théâtre s'éclaire.

MADAME DE MÉRAL.

Eh bien, tout le monde se promène donc cette nuit ? Qu'est-ce que cela veut dire ?

LES JEUNES FILLES, effrayées.

Ah !

ROSA.

Pardonne-moi, maman, c'est Noël qui est venu apporter ses cadeaux.

REINE, CLARISSE, AMÉLIE, BERTHE, courant à la cheminée.

Voyons le mien ! voyons le mien !

MADAME DE MÉRAL, à Rosa.

Il fallait me prévenir, ma fille, j'ai été un moment inquiète.

ROSA.

Mais te voilà rassurée.

REINE, CLARISSE, AMÉLIE, BERTHE, qui ont toutes pris leurs sabots.

Une lettre !

BERTHE, lisant.

« Quand vous ne serez plus curieuse, Noël sera « plus généreux. »

AMÉLIE, lisant.

« Noël n'aime pas les coquettes : brisez votre « miroir et il vous récompensera. »

CLARISSE, lisant.

« La gourmandise est un péché : Noël a horreur « des gourmandes. Devenez sobre et il vous enverra « ses dons. »

REINE, lisant.

« Guérissez-vous de la jalousie, et Noël sera moins « avare. »

BERTHE.

Oh ! c'est affreux ! nous sommes mystifiées.

CLARISSE.

C'est indigne ! on s'est moqué de nous !

AMÉLIE.

C'est Rosa!

BERTHE.

C'est pour nous faire de la peine!

ROSA.

Mais vous n'avez pas tout lu! tournez la page.

BERTHE, tournant la page et lisant.

« Mais comme vous avez fait le bien, Noël vous
« pardonne et vous confie l'avenir de vos protégées.
« Il va donc de votre honneur de ne les rendre ni
« curieuses.....

AMÉLIE, idem.

« ..... Ni coquettes......

CLARISSE.

« ..... Ni gourmandes......

REINE.

« ..... Ni jalouses..... »

BERTHE, à Rosa.

C'était une leçon!

REINE.

Et nous la méritions. Corrigeons-nous de nos
défauts.

CLARISSE.

Merci, Rosa! je ne veux plus manger de sucre.

AMÉLIE.

Ni moi mettre des rubans à mes chapeaux.

ROSA.

N'allez pas si loin! Pardonnez-moi ma petite leçon; mais voyez-vous, mes bonnes amies, il vaut
mieux nous avertir maintenant de nos défauts que
de les laisser grandir avec nous; ils deviendraient
des vices.

BERTHE.

Elle a raison. Rosa! tu nous corrigeras!

ROSA.

Qui aime bien, châtie bien! Mais à moi aussi
Noël a apporté quelque chose. Marie, Agathe, ce
sont vos coffrets de l'an dernier. Vous ne les avez
pas ouverts, vous pouvez les ouvrir aujourd'hui.

MARIE, ouvrant le coffret.

Oh! mon Dieu! de l'or!

ÀGATHE.

De l'or aussi !

MADAME DE MÉRAL.

Oui, mes enfants , une dot ! c'est la récompense
de vos vertus et de votre travail.

SCÈNE XVI ET DERNIÈRE.

LES MÊMES, JEANNETTE, LA MÈRE BRIGITTE.

JEANNETTE.

Entrez, entrez, mère Brigitte !

ROSA.

Oui, mère Brigitte, venez partager le bonheur de
vos vertueuses petites filles : elles ont maintenant
une dot qui est peu de chose en comparaison du tré-
sor qu'elles avaient déjà, c'est-à-dire des vertus et
du courage.

LA MÈRE BRIGITTE.

C'est vous qui leur avez donné l'exemple, ma
bonne demoiselle.

MARIE.

Oui, c'est vous !

REINE, AMÉLIE, BERTHE, CLARISSE.

C'est toi !

ROSA.

Non ! c'est le petit Jésus, qui est né cette nuit.

MADAME DE MÉRAL.

Allons, mes enfants, allons nous reposer pour de
bon, cette fois ; et souvenez-vous des *Sabots de
Noël !*

AIR : *Ne raillez pas.*

(Voir la musique, n° 9.)

MADAME DE MÉRAL.

Mes chers enfants, quand, avancés en âge,
Des malheureux vous aurez bu le fiel,
De cette nuit évoquez donc l'image,
Souvenez-vous des sabots de Noël !

AGATHE.

Souvenons-nous des bonnes jeunes filles
Qui recouvraient notre pain noir de miel;
Et des cadeaux et des choses gentilles
Qu'on trouve au fond des sabots de Noël!

BRIGITTE.

Au fond du cœur je garde souvenance
De ces cadeaux qui nous vinrent du ciel...
L'enfant Jésus, voyant notre souffrance,
Avait rempli nos sabots de Noël!

JEANNETTE.

De mon travail et de fatigu's pareilles
Ici j'éprouve un mal universel,
Et suis heureuse enfin qu'ces demoiselles
Aient déniché leurs sabots de Noël!

BERTHE.

J'étais curieuse!

AMÉLIE.

Et moi j'étais coquette !

REINE.

Mon faux esprit dans tout mettait du sel.

CLARISSE.

Mon estomac voulait guider ma tête.

TOUTES LES QUATRE.

Qui nous guérit? les sabots de Noël!

ROSA.

Pour un enfant qui pour sa mère prie,
Je désirais un bonheur éternel...
Qui soulagea cette fille chérie?
Ce sont encor les sabots de Noël!

MARIE, au public.

O bon public, la pièce est terminée !
Dans ce beau jour, ne sois pas trop cruel…
Que tes bravos dans notre cheminée
Viennent remplir les sabots de Noël !
(Reprise en chœur du dernier couplet.)

FIN.

PARIS. — Typ. LACOUR, rue Soufflot, 18